南船叢書第一二七篇

歌集 星粒

竹之内信一郎

現代短歌社

目次

星粒

霧の街

掛け違えしボタンひとつに気付かざり老いの兆しはひそやかにして

身を守ることもひとつの生きにしてかいがら虫の貝殻固し

けじめなきひと日の終わり夜の窓に寄れば瞬く街の灯《ほ》あかり

野を駆けて狩股を放ち狩る夢の覚めて横臥の肩しびれいる

山間に乾きし音のひびきくる風を鎮めの祈りの太鼓

とざすものあるは安けしビル街を霧は包めりその中あゆむ

霧たちし歩道を人の行き交いて誰も誰もがやさしき顔す

兵の夢おぼおぼとして甦る霧の彼方に浮く天守閣

動かざるものは眩しも朝光に輝きており大船山頂

立ちどまり息ととのうる急坂に茎伸びやかに岩鏡咲く

咲き満てるミヤマキリシマに日の及び霧の残しし水滴ひかる

火山灰曇り

八回の転勤を経て帰り来ぬ火山灰《よな》に曇れる鹿児島の夏

火山灰曇る景の彼方の桜島帰り来てみるいま沁み沁みと

階ごとに蛍光灯のともりいる庁舎を巡るこころ新たに

海よりの風吹きあぐる岩襞に花茎短くホトトギス咲く

中空にいる危うさに見おろせる真日さす海の碧果てしなく

真日を浴び体の汗を拭いつつ見上ぐれば天見おろせば海

蒼天へひびきゆくべし若き等が山頂に打つ開聞太鼓

新しき本の匂いをかぐごとし仕事あらたなひと日ひと日は

自動扉の開く須臾の間管理者の貌になるべく背筋を伸ばす

かすかなる痛みともないかすみ来し眼閉ずれば彩のきらめき

軽々に人を諭すまじ言うべきはわが魂にひびく言葉を

幾夏を任地に過せり音のなきビルの向うの昼の稲妻

遠き日に庭風呂に見し星のごとコンピュータの点滅つづく

是枝快春を悼む

痩身の肩にカメラをさげていし君は彼岸のいずくを歩む

眼裏にありありとして君は立つもの言いたげな面ざしをして

放鳥の白鳩は君に供するや葬りの空を舞いあがりゆく

噴煙

朝光をかざしてのぼる噴煙の吹きあがりつつときに華やぐ

地の龍の天に登るや蒼天に噴煙直ぐに立ちのぼりゆく

噴煙の中に起れる雷いくつ地底の龍の怒りと思う

日に幾度窓を叩ける空震を或る時は神の警鐘と聞く

夜のしじま裂きて落ちたる噴石の点々として山肌を焼く

放たれしものの自在や噴煙は蒼天高く立ちのぼりゆく

初午祭

参道に鈴懸け馬は頭《ず》をさげてひたすら踊るおどるほかなく

踊り終えし鈴懸け馬はトラックに乗せられなおも脚踏み鳴らす

石清水あふるる淵にアルミ貨の誘うごとく水底にゆらぐ

祖父らここで戦う

三の岳吉次峠とたわやすく辿りて田原の戦跡に立つ

若き命あまた費えし田原坂白き峠路はなだらかに伸ぶ

半高山二百九十四米篠原国幹が戦死せし山

薩軍が死守をしていし岐れ路にみかんの白き花は闌けいる

阿羅漢は生死の外に己がじし笑まいたるあり憮然たるあり

仰ぎたるままに風化の阿羅漢はなおも世相を嘆いているか

矛先は弱者に向くが常なれば面をあげて歩みゆくべし

斑雲沈めし平瀬にただよいてあめんぼのごとき少女のカヌー

平滝の小流れいくつに釣糸を垂らして銀の小魚をあぐ

退職

出入口分かたぬ竪穴住居ゆえおとこおみなのことも艶めく

飢えの日も重ねしならん縄文の器の底に溜りいる闇

屹立は淋しきものを秀を研ぎてあけぼの杉は蒼天をさす

金色にきらめく澪を水鳥のよぎりゆくとき火の鳥となる

美しき変節というもありぬべし金色の空藍に移ろう

送る声こもごも受けて訣れきぬ電車の軋む音に身を置く

細々と書き込みて来し予定表に職辞してより空欄多し

夕茜朱の極まればおもむろに身を引き絞る紫となる

霧島の樹林にひそみ眇々と雄鹿の鳴きて霜月深む

去年《こぞ》ともに縦走したる亡き友にウィスキー数滴捧げて酌めり

再びの勤め

くきやかに余剰を削ぎし糸椰子の高き葉群れに風の吹き抜く

遮断機の前に待ちいるわが影を二両列車は遮断して過ぐ

ことごとく穂綿とばして冬すすき命終えたる軽さに揺るる

さわさわと躁だち寄する上げ潮の中州を呑みて平らかとなる

定住の地と定めたる丘の家四囲を埋めてみどり田の映ゆ

軒先にすずめ幾羽を住み着かせ妻との生活古りてゆくかも

風鳴りの丘というべき鄙に住み初冬の夕をもがり笛きく

颱風の余波のうねりはおもおもと岩に砕けて終をかがやく

昴りて歩みゆくなり足摺の岬をめぐるひかりの路を
踏むごとに涙のごときが滲みくる永久凍土のうえを歩めば
大雪《たいせつ》の山に湧く霧とめどなく雫するまで身は立ちつくす

分け入りし野にひと群れのエゾシカの物言いたげな眸と逢えり

冷えびえと立つ白樺に耳をあて幹に流るる息づきを聴く

声あげて君が見上ぐるライラック中空占めてほのかに匂う

稲尾岳

草の実を総身につけ杣道を登りてゆけば獣めきたる

小さき平の祠のかたえつわぶきは鎮魂のごと黄の花咲かす

かれがれの沢くだり来し平路に杉ほの匂う人里近し

直線に降下して鳶の捉えたる魚は銀の輝き放つ

北風に向きて飛びつつ俯瞰する鳶の視界のひとつかわれは

あかつきの薄明のなか軋みつつ列車はひかりを満載して過ぐ

雪を分け手を差し入れし藷室は生の温もりかすかに伝う

苔の生い肌荒々と臥竜梅劫《カルパ》を負いて地に這いて咲く

水鳥の群れ連なりて動くとき湖に映りし稜線乱す

海紅豆の緑芽吹けり節くれし父の拳のごとき梢に

人在りと思いて見たる夕岸につがいの白さぎ魚狙いいる

水のごとおもく満ちくる闇のみち従きくる妻の声のうるめる

クサキの芽つみて包めば掌に貧しき日々をたたせて匂う

花炎

畦道にひしめきて立つ彼岸花炎かざせる兵のごとしも

暁を彼岸花の群れ現れて花炎かざしつつ寄りてくる夢

蘇生されし師の魂は空白の三日いずべを彷徨いていし

うつし世に帰り来ませりうつろなる眼にわれの如何に写れる

ベッドよりわれを見給う一途なる視線はつかに光をもてり

一切れの菓子をうましと食べます師の手のややにむくめるを見つ

切れぎれの言葉をつぎて「南船の五十年史を頼んもんで」

糸車

夕光に摘みゆく白き綿の苞温もりありて日の匂いたつ

すがれたる綿の葉に鳴る風の音　祖母が繰りいし糸車の音

まざまざと甦りくる日だまりに糸紡ぎいし祖母の面ざし

祖母が繰る糸車まわり回りつつ魔法のごとく糸の生《あ》れゆく

てのひらに握りしむれば鮮しく生れたる糸の弾める力

妻を守《も》りきたれる我か守られてきたるわれかも三十九年

扶助料でやっていけるかと問う妻にやっていけるよと答えてやりぬ

流木の呟き

とめどなくたゆとう波は汀辺に透き通りたる刻きざみゆく

汀辺に餌を捕る鷺と見るわれの間満たして朝光は満つ

さざ波を踏みて汀に立つ鷺は銀の小魚を高々とあぐ

流木は潮にたゆたい長かりし流離の終りを呟く如し

埋もれ木は微かに磯の香を放ち朝の光に乾きてゆきぬ

首を伸ばし小魚を狙う白鷺は彫刻の如しばし動かぬ

正門に退職のわれを送るとう辞して通用門より帰る

箇保退職

退職の夕べの奢りの缶ビール三百五十CCを妻と飲み合う

妻の背の丸くなりしと思うなり再び迎えし退職の夕

妻の息

ひたすらに息吸う力ありありと酸素マスクの中に見するも

朝明け雨の清しく満たしくるあしたを妻は病軀養う

悪魔とも神の技とも雨の日を麻酔に妻の眠り安けし

眠りより短く覚めてまたねむる眠れねむりて病に対え

いささかの風ともないて病院の窓に降りつぐ雨脚ほそし

薄明の空より零るる雨筋のとめどもあらで妻の癒えゆく

まどろみの安けき刻を夢の中に遊べるらしも娘《こ》の名を呼びて

付き添いをわれと替わりし娘に向きてにわかに妻はしゃべり始めき

暁に金色の鳥の飛びゆくを見たると妻は目を輝かす

病院の窓に見下ろす樟若葉風にしないて何を呼びいる

海洞

岩襞に白き塩塊吹きためてみなみの海の藍は深しも

万年のスパンを重ね海崖の斜断層は昼陽に温し

その昔恋に乙女の穿ちしとう熊野の洞に磯の香の満つ

二枚貝巻き貝ひそむ海洞の襞に涙滴のごときが滲む

積まれたる小石の上にさらにつむ賽の河原の魂鎮め石

岬馬

藍の海見下ろすなだりの草原に轡をつけぬ岬馬の群れ

ファインダーのなかの岬馬蒼穹を舞台に互みの首重ね合う

岩壁の自生の蘇鉄は海風に鋭き葉揺らして人馬を拒む

幽けくも馬の形を保ちつつ草生の中の白き骨片

静かなる死のさま見せて岬馬還るべき土に半ばを埋む

無職

職退きて黙深き日の明け暮れは爆ぜることなき燠火を抱く

展けゆくあすをし待たむゆるやかな時の余白のごとき日日

炎だつ思いはあれど職退きて無職の今は身にとどめおく

届書の職業欄に一瞬のたじろぎののち「無職」と記す

職退けば無職となれる当然に職ありし日は思い至らず

師薨る

幽明を隔つといえど穏やけき此岸の眠り彼岸のねむり

悲しみを黒き衣に押しつつみほてり残れるみ骨を拾う

弔いの帰りの空に魂の浮遊のごとき黄月かかる

孝太郎　快春　英生の待ちおらむ彼岸の路を歩みいまさむ

見透かされしこと幾たびか炯眼の視線の中に身を固くしき

枝先にはためく赤き道しるべ吾を差し招く龍神の舌

斑陽のきらめく沢を渡りゆく彼岸此岸を跨ぐごとくに

足裏に朽葉の崩ゆる幽かなるひびきは土へ還りゆく序詩

風潮

とめどなく風に皺めるみずうみの水面のきらめきは湖霊《うみたま》のこえ

風の刻む微塵のひかりみずうみを縹渺として水神わたる

朝靄が羽毛のごとくにつつみいていまだ目覚めぬ山の湖

ひたすらに雛を抱ける白鳥のめぐりさやけくひかりの満てり

いさぎよき散華と思え花びらはよどみに淡きくれない保つ

花も実も持たぬ軽さにひこばえの短き穂並みは干反りて揺るる

実るなきひこばえの穂を撫でてゆくわが影ときに屈折しつつ

職退きて時の枷なきうつそみは涸れし小溝を軽々と越ゆ

迷いたる思いに辿る山の径祖母の面輪の野仏と遭う

黒部峡谷

闇のなかトロッコ列車に揺られゆく樹林樹海を泳ぐがごとく

ダムサイトのサーチライトに照らされて眠りなき峡の照葉樹林

一様に黄のヘルメット被りたる人らトロッコで運ばれゆけり

ダム底にショベルカー絶えず動きおり石を摑みて秋陽を切りて

峡の川に水漬ける枝は白々と水に研がれて木肌かがやく

残りいる星を包みてあかつきの空は刻々と明るみゆけり

あかつきの空の朱色に変わるときすずめ脅しの発破音ひびく

世紀末　奇しき事のみ多けれど生きて二十一世紀の英知を見むか

放たれし自在のままに朝光をまといて笹は峡を舞いゆく

竹林に幹の触れ合う音ひびく忘れかけいし村里の音

北国の雪

北の雪かくも豊けく五稜郭も明治の夢もともに抱きて

降りしきる雪に埋もれて刻まれし文字見え難し維新の墓標

城郭をはつかに見せて五稜郭のめぐり茫々と雪はけぶれる

戦跡の碑も墓標も押しつつみ雪は音なく清浄を積む

純白の雪に埋もれてひそけかり土方歳三終焉の杭

足枷のごとくに雪は降り積みて土方歳三の碑近寄り難し

降りしきる雪の渚にうねりつつ津軽の波は攻めあぐねいる

九面太鼓

藤棚に花房垂りて香を降らすわが現身の華蓋のごとく

たたなわる深山にほのか浮きて咲く山法師の花は山神の褥

山法師の咲ける深山の奥冥く神の荒びか近寄り難し

純白の花を咲かすと山法師は黒褐色の樹皮かがやかす

打ち鳴らす九面太鼓は神よぶやたじろぐわれの膚を震わす

夜叉面の髪ゆり太鼓を打ち鳴らす若者の背の折々ひかる

コタンの木彫り

届きたるコタンの木彫りは手のひらに凍土の冷えを伝えて重し

木の匂いとどめたるまま一刀に深く彫られて眼差し冥し

瞑想の面ざし深く彫られたるコタンの木彫りは北向きにおく

面昏きコタンの木彫りは国土《くにつち》を追い詰められたる人々の冷え

フミ姉逝く

これの世の余剰を削ぎて眠りつぐ九十二歳の姉の息づき

夜昼の分ちなき眠りの覚めるなく姉の臥所のめぐりひそけし

穏やけき昏睡の夢は何ならむ寡婦四十年は一瞬なりしか

息やみし人と息して見下ろせる人といくばくの隔たりやある

膨らみなき掛け布の中の密やかな眠りにつづくひと世の終り

つらつらに思えばわれの退職後は命令形にものを言う妻

平らけき日々と思えど感情の起伏を見せて妻が物言う

錦江湾

綿のごときと思いいし雪手のひらに握りしむればずしりと重し

騒ぎいし乗客の声ひそまりぬ八甲田越えの一時間余り

冠雪を抜きてぶな林は直立《すぐた》てり銃捧げもつ兵士のごとく

八甲田の緩きなだりに雪は積む朝の光に青びかりして

さざ波の日にかがようは銀の蝶きらめきながら風と遊べり

わたつみは太陽をのみ茜のみ色を変えゆく音もたてずに

真珠湾に見立てて訓練したる湾朱に染みゆくは鎮魂の朱《あけ》

遠物語

ささりたる棘ぬきくれし妻がいて紫陽花のゆらぎともに見ている

母の味を継がざりしこと悔やむ妻　まもなく母の五十年祭

蓮華田に素足の妻はほつほつと花輪つくりつつ遠き日語る

激すれば関西訛りとなる妻のふるさと恋うる　遠物語

むらさきの蓮華つなぎし王冠は妻の頭にあやうげに乗る

白鳥岳の頂き近く点々と春竜胆は瑠璃色を撒く

幾代も人に知られず咲き継げる春竜胆の紫の濃し

松虫草もとめ来し野に夏草の生の匂いに噎せてたじろぐ

茅の葉の刃のごときに囲まれてツクシマツモトの花のくれない

稲霊

刻々と台風迫る夕空の危うき色の定まり難し

不条理に稲穂を薙ぎてたばしるは風の回路の稲霊《いなだま》の戯れ

台風の逸れし稲田を見回ればぽっかり薙ぎて稲霊の霽

曼珠沙華の蕊のほむらに囚われてあげはひたすら羽根を慄わす

ビルの窓は鋭《と》く朝光をはね返す貫かるるを拒むごとくに

もぐら追うとペットボトルの風車かぜ吹くままにくるくる回る

汀辺に翻弄さるる砂つぶの微粒なれども意志あるごとし

石狩雪原

けむりたつ白炎にして海沿いの道の平らに粉雪ふぶく

そこだけが除雪されいて食堂の戸口の暖簾捩れてゆるる

道も畑も覆いて行く手を拒めるは純白の雪　残酷の雪

屈折する風のありかを見せながらビルの壁面を雪は舞い上がる

退庁時刻すでに過ぎたる地下街に雪払いつつ人ら下り来る

傘さゝぬ北の人らは被きたる雪を親しきもののごと歩く

日本海の空に走りしは閃光と思ううつつに冬の雷

降りしきる雪を呑みつつ北の海は鬱々としてさわだち止まず

コントラバス

一時間経ちても電話にしゃべりいる妻は爽やかな表情をして

娘との長き電話を切りしあと妻はさらに饒舌となる

身丈越すコントラバスを抱きたる少女の指の折々ひかる

片脚を椅子に預けて演奏する少女の面ライトは照らす

両の手にコントラバス抱え退場す会場の方を振り向きながら

北の地に残りて少女は部活動のコントラバスを弾き続けいる

薩摩語

英語をも習いていると ハンガリーの少女は語る手話を交えて

乳房をふくませながらジプシーは何か言いつつ近寄りて来ぬ

売春宿の額を掲げてポンペイの石窟の奥ほのかに昏し

仏・独語の異なるひびき心地よくシャンゼリゼ通りを行き戻りする

シャンゼリゼに珈琲飲めば薩摩語のひびきに人等振り返りゆく

街角で小指のはつか妻に触れ薩摩男はしばしはにかむ

凱旋門の洞の階段のぼりゆき方条に伸びし灯を見下ろせり

エッフェル塔のカウントダウンの電光板夜空に浮きて華やいでいる

物乞いしナポリの少女夢にきて両手さしのぶ幾度となく

母と父

斜にかまえ母が見詰めいたりしは左の視力衰えしゆえ

綿を縒る母の指先に生るる糸握りしむれば弾める力

糸繰り機回して母は綿をくる石臼のごとく背をまるめて

悉く枇杷の実袋につつまれて冬日の中の白き賑わい

海風に枇杷の白袋ゆれながら俄に島のなだり華やぐ

枝先に揺れつつ枇杷の青き実はかすかに白き産毛を残す

目立てるは狙われやすく塔のうえのクロネコマークを鴉がつつく

東武線の電車地上に出でしとき読みいし『魚歌』の一首明らむ

バンフの雪

外つ国を母知らざりき母の齢越えてバンフの雪上に立つ

カナディアンロッキー見たくて十時間ロッキーに積む霜月の雪

杖つきてボウ河畔に妻立てり弓《ボウ》を構えしネイティブのごと

日本を捨てしにあらず永住権得たるカナダにガイド住みつく

ハイウエーの上の架橋は動物の通路とガイドは高らかに言う

二百三高地

春昼の二百三高地は血の匂い帽子まぶかにかぶりて登る

足弱き妻は重きを詫びながら中国青年の駕籠に乗りゆく

なだらかな二百三高地の道の脇淡きくれないは吾亦紅らし

仄曇る旅順港外穏しくて海の平らに船影もなし

トーチカを無数に抉る弾の痕黄砂を溜めて眼窩のごとし

逆縁

化粧して眼つむれる妹の唐突の死は肯い難く

死に顔の美しかりし妹と逆縁なれば父には告げず

娘の死知らず安らう父なりや知らざることは無きこととして

雲海の白きひかりは果てしなく葬りを終えし眼に痛し

こきこきと古稀の指《おゆび》を鳴らしつつ齢佳境に入らんとする

虫狙うモウセンゴケはひそかなりひたすら生きるものは静けし

妻よりも若く微笑みはんなりと母は見下ろす暗きなげしに

新世紀迎えしわれと越えざりし妹ありて初日眩しも

松花江

友好の証に植えしアカシアに水を灌げる中国青年

松花江の河畔に立てば背後より帰れざりし人の寄りくる気配

冷えそめし松花江はおもむろに朱を刷きながら落暉を呑めり

とどめなき河岸《かがん》のさざめき人語とも聞え背筋に迫りくる冷え

敗戦のあと半世紀「北満」という言葉うすれて大地暮れゆく

ヴェスヴィオの灰

驚きの姿勢のままにヴェスヴィオの灰に埋もれし人の歳月

未消化の餐も一瞬に封じ込め彫刻の像となりたる男

桜島にどこか似ているたたずまいヴェスヴィオの火山灰《よな》白かりき

売春宿の額も仄かにポンペイの石の家並の白き連なり

ポンペイの廃墟の跡を巡りきて烏賊墨パスタのランチ食わさる

大連の街

警笛を鳴らす車を横目にし人等巧みに大路を渡る

ケイタイに唾とばしつつ若者は紺のスーツに闊歩して行く

街路樹の根方の麻雀とめどなくわれには見えぬバリアあるらし

砲眼の十字の先の炸裂をテレビゲームのごとく見ている

映像はロケット砲の標的を茶の間のわれにくっきりと見す

標的に人の気配のありたれど祈りいる間に閃光あがる

父の鍬

中天の望月眩し果てし兵　光彩の暈とめどもあらぬ

月光に向きて歩けば随える短軀のわが影さらに短し

百姓に父は生き来て鍬を打つ姿勢のままに曲がりたる膝

長島は赤土なれば鍬古りて刃先の丸く摩耗するのみ

ぶつぶつと口中深く呟くは向山の母と語りいるらし

逝きてはや五十余年過ぐおぼおぼと母は微笑む妻より若く

霊山寺

半眼に虚空蔵菩薩は身じろがず額ずくわれを見透かさんとす

夕づける闇に抜きん出て七体の仏こもごも物言うような

女ふたり霊場の湯に消えたると涼しき噺もききつつ浸る

聞こえぬは聴かざることと企めるわれの魂胆人に知らゆな

古稀すぎて見え来しことの多けれど年甲斐もなくと片方の声

小手毬の風に従うやさしさにいまだ至らず古稀をはや過ぐ

行儀よく並びておれどそら豆はどれもどれも端が小さい

見付けたる四つ葉のクローバー胸に挿す妻のひそかに恃めるは何

父逝く

告げおくべき言葉ありしか口許に涎たらして父は逝きたり

灯の下に生者も死者もともどもに降り込められて通夜深みゆく

おやみなく雨は降り継ぎ通夜の座にビールの空き缶増えゆくばかり

雨繁く降るゆえ父のゆく先は母の眠れる向山あたり

回転する灯りに表情変えながら釋邦信《しゃくほうしん》は睨みをきかす

手術

眼帯を透かしてかすかに入り来る白きひかりをしばし確かむ

鮮やかとなりし視界に立つ人の帽子も白衣もかすかなブルー

展けたる視野の限りを夏雲は淡きブルーを帯びて浮かべり

両眼の手術終りぬ瑞々と景色の見ゆる　旅に出ようか

マンションのあかり相次ぎ点れるは企業戦士を迎えんがため

変調

変調は突然にして目がまわる戸棚も障子も横すべりする

自殺用に貯めおきたると勿体つけ眠剤二つぶ妻はくれたり

義歯を入れ白内障のレンズ入れつぎに替えるはどの部位ならむ

休耕の幾年を経て峡の田にようやく雑木のもどりて閑か

朝光に刈田の霜は煌めけり昨夜の星の堕ち敷けるごと

冬の日の満たせる中に紅梅は声なきものの輝きを帯ぶ

中原伊来子さん病む

天井に水照りは映えて爽々と病みいる人へささやいている

身じろがずひとり臥しいる病室に冬日は満ちて白き鎮もり

黒髪の美しかりしと見入る間にベッドの影の少し移ろう

詠草はベッドのかたえに置かれいて病みいる人のしずかな眠り

「群青」を口ずさみつつ夫逝けるボルネオの蒼き海を抱くか

五月闇

後ろ手に組みて歩める散歩道老いの兆しは自ずからなる

麦藁帽に蟷螂とまらせ散歩する妻の後ろ手見つつ従きゆく

読みていし本のバサリと落ちたれば寝入りたるらし灯りをしぼる

雨しげき朝につばめは巣立ちたりあとにぽっかり洞のみ残し

節ごとに抱ける闇も若竹の伸びゆくままに膨らみおらむ

夕風にしないながらも若竹は保ちておらむ直ぐなるこころ

闇の嵩

ふたごころ無きを示すごとくにも領主の墓は腹に洞もつ

境内に抗争の歴史読みおれば銀杏の実の直撃を受く

わが家の古き庇に生き継ぎて雀はけさもさえずりやまず

切り詰めし庭木の間に女郎ぐも巧妙な罠一夜に張れり

つごもりの鐘音ひびく闇の嵩ひしひしとしてせまり来たりぬ

一日一忘

一日に一善ならぬ一忘に今朝はめがねが行方くらます

午前五時目覚めて部屋に灯をともす己ひとりの時間のために

この家の住人のような顔をして小とかげは庭石に陽を浴みており

海軍の監視所跡のトーチカに迷彩服のようなひび割れ

海軍の監視所の洞は昏々と津軽海峡の青き海に向く

足弱き妻を残して仄明る白神山地のぶな林へ入る

秋ふかむ白神山地は寂として朴の朽葉と潤める気流

憧れし白神山地へ踏み入りぬ朴の朽葉の意外に広し

「履物を履き違えぬようご注意を」　履き違えたるまま七十三年

西郷の蘇生の庭に咲くダチュラ耳かたむけて聴きいるような

意志をもて自ら命を断つ自死も入定《にゅうじょう》と言う石室の死

翔の字を墓石に彫りぬ天翔る日は如月の晴れの日がいい

フセインの口腔しさいに診たれども何処にも虫歯見当たらぬなり

仁王二体

金網に閉じ込められて仁王像夜更けてううと唸りださぬか

血流のような木目とひび割れをみせて阿吽の仁王踏み立つ

歯ぎしりをしたきに唇しまらない仁王は阿々と地団太を踏む

木造の仁王のまなこ風化して世の変遷を見る能わざり

混濁の世を切る刃　年経りて剝落したれば捧げもつのみ

婚五十年

留守電に生きているかと娘の声生きているぞと返事してやる

この一年詠みたる歌をパソコンに打ち出したればＡ４三枚

築山の紅葉の下のタニワタリ谷渡るなく日を受けている

三年を危ぶまれたる夫婦仲ふた代を生きて五十年とは

書を読みつつ寝入りたる妻見開きに涎のしみを少したらして

いずかたの書架に納まりいるものか行方知らずの歌集幾冊

つんつんと尾を立てわがプチ太郎わおんと鳴きて塀渡りゆく

樹下かげの政治論議の凡そは昨夜のニュースの範疇を出ず

人間淘汰

レストランにランチしている老い四人眼鏡はずして中支を語る

老いてなお序列のあるらしサラダバー取りて夫々に配りいる人

テーブルを囲みて語る老い人の背に戦の気配はあらず

梅がさきさくらも秋を狂い咲き狂えるは人のみにあらず

良しとする杉の間伐菜の間引きリストラという人間淘汰

悟り得ぬこともはろばろ薄ら日にうもれて円き逆修墓石

職退きて幾十年の衣装箱ネクタイあまたいまだ下がれり

一斉に並ぶ小さき雀にも重さのありて電線たわむ

抉られし肋の骨を曝すようみやまきりしまの盗掘の跡

雪原の音

幾春を永久凍土は解かれざり足裏《あうら》ふんわりささえてくれる

雪原のしじまにおりおり響きくるあかえぞまつの幹を裂く音

雪原に角突き合わすかえぞしかの乾ける音の折々ひびく

雄鹿《おすしか》は雪を蹴りつつ角合わす　オスはいつでも闘うものなり

えぞまつの巨木は朽ちて横たわる全うしたるのちのやすらぎ

勝ち組に寄りてゆく世の危うさを思うのみにて年越さむとす

今朝もまた結露と言いて玻璃窓の涙のごときを妻は拭きいる

後ろめたき思いはあれど金柑に小鳥防止のネットを掛ける

近寄りて耳傾けるわが仕草妻の機嫌のはなはだよろし

嵌りたるいのしし横木に吊されて見開ける眼は地を見詰めいる

作物を荒らすと言えど猪は自生も色分けなかりせば食う

眼科歯科耳鼻咽喉科とまわり来て次に行くべきは神経内科

姉妹

雨の朝訃報は突如きたりけり庭に残れる花ゆずふたつ

かごしまの雨はまだしも奈良にふる朝の雨は冷たかりけむ

庭木々のにわかにざわつきはじめしは紛れもあらぬ風のいたずら

空襲を凌ぎてきたる八人の姉妹も二人となりて一人は病めり

哀しみは水のごとくに浸しくる霜月寒夜を音もたてずに

遮断機は唐突に下り予期せざること多き世を思いしらさる

さてもさて

たどたどと西南戦役の手記を読むいくらかの美化あるを承知で

喜寿すぎてよろこぶべきかさてもさて後期高齢者の枠に括らる

償うべき前世の咎は何ならむ水槽のなかのカレイの座禅

神の子が神馬あやつり駆けぬけぬ音高らかに的を射抜きて

聞えたる振りして相槌を打ちおれば何とはなしに当を得てきぬ

犬を呼ぶ声はしだいに遠ざかり即かず離れず親雲子雲

さつま示現流

侵略に武器は要らざり酸性雨ふらせるだけで森は枯れたり

温かき手拭で顔を拭きくれし寒き朝なりき母の五十回忌

み社に束木をたたき続けおり足の形に霜を溶かして

元朝を祈りいる背に束木うつ音と雄叫びひびきくるなり

人込みに破魔矢をあがなう妻の背のすこし小さくなりしを見詰む

後先は定かならねどこの墓碑に刻まれむわれの名妻の名

妻の乗る車椅子を押し杖先の指示するままに動物園巡る

妻のルーツ

秩父山地を遠くに望む児玉駅閑散とあり妻と降り立つ

軍配の家紋が手掛かり妻のルーツ秩父児玉の地を尋ね来ぬ

旧姓の児玉の姓にこだわりし妻を連れ来ぬ児玉の里へ

埼玉の県北にある児玉町に児玉一党のルーツをさぐる

そのむかし武蔵七党の一翼を担いいたるとう児玉一党

廃仏毀釈

顔のなき石の仏の落剝を撫づればてのひらほのかに温し

合掌ののちの仕業か狂いたる人は安々と仏を毀てり

石仏の闕けたる腕に思うらく造りたるも人毀ちたるも人

首のなき仏は立てり斬首せし人の腕《かいな》は疼いたろうか

佇みて手を合わすれば首のなき石の仏に木漏れ日そそぐ

八甲田の木々は樹氷に覆われて果てたる兵の墓標のごとし

この指のいまもかすかに覚えいる父がはめたる手袋の温み

永久の眠り

両指を深く交えて胸におき妻は永久の眠りにつきぬ

朝一番遺影の笑顔と見詰め合う何かものを言いたげな顔

携えて生き来し五十四年間思い巡らせば悔ゆることのみ

夢かはたうつつか暁《あけ》のまどろみに微笑みながら妻が手招く

ひと言の別れも言わず旅立ちぬ行きたき外つ国まだありたるに

微笑みて見下ろす遺影は外国船コーラル号のデッキでのもの

放鳥のはとは雨空へ飛び立てり君のたましいいま天翔る

再びの冬めぐり来ぬ亡き妻の壁にかかれる平たきコート

今生にひとり残され仰ぎ見る今年の桜いまさくら色

香をたき朝勤のあとのつれづれに愚痴をこぼして亡妻に叱らる

妻の写真年代順に並ぶれば五十四年はおろそかならず

いつの日か童子となりて追いかけむ先に女童《めわらべ》となりたる妻を

窓をうつ雨のしずくはときとして突立っているビルをくねらす

向き合いて坐りておれど人はみな雨にくもれる車窓みている

この朝も日めくり一枚めくりたり逝きたる後の日日の早さよ

難聴と人は言えどもぼそぼその内緒話ははっきり聞ゆ

山の湯に「鹿の入浴禁じます」ともに湯浴まむ小鹿いでこよ

大震災

一瞬の宇宙のくしゃみと言う人あり船の瓦礫に雪降りしきる

盛り上がり襲いてきたる黒き波　船は山へと流されてゆく

不明者減り死亡者増えしうつつにも汚泥にまみるる自衛隊員

震災でとっさにいでしは歌という長谷川櫂の言葉かみしむ

震災へいくばくの寄付をして虚しわれにできるはこれだけのこと

伊勢子さん

戦場で父が刻みしミニの下駄も柩に入れて穏やけき貌

母逝きてひとりとなれる寂しさを詠みたる短冊三枚も抱く

一人子の君にしあれば父と母神のみ国で待ちていまさむ

伊勢ちゃんと心ゆるしし亡妻《つま》なれば急逝の君を如何に迎える

告別の讃美歌終り旅立ちに雨降り出しぬ悲しみの雨

星粒

またたかぬ彼の星粒のひとつともわれの後生を見しよ夜空に　野宮雪

またたかぬ彼の星粒に後生見しと詠みたる妻は星となりたり

ゆうすげの沢原高原に咲くころかさかすと息を吹きかけし妻

彼の星に後生を見しと詠める妻　見上げていたら滲んで消えた

洗濯に出さむとしたる喪の服を羽織りて今日の葬儀に行けり

妻の魂いづくと知らねど月かげのはつか及べばただに拝めり

紅葉には夕日が似合うと言いいたる妻は西方へ逝ってしまいぬ

花房はうすむらさきにそよぎおり慈しみたるや楝のように

八十の大台に乗りぬ杖かつぎ自分の足で歩いてゆこう

入院

医大への紹介状を持たされき秘密めきたる密封の文

われに生れし細胞青く染めあげて癌の在り処を事無げに見す

悪食のゆえにできたる口腔癌かバーコードの紙の手錠のごとし

ひと夜さも一瞬にして目覚めたる集中治療室《ICU》は真昼のごとし

たちまちにバルーンと化したるわが頬よ痛みを連れて夏空へ飛べ

高々と吊りあげられし管食の一滴一滴はいのちの泉

今朝もまた運ばれて来し一膳の白粥するベッドの上で

看護師にもそれぞれ個性のありまして薄目をあけてベッドに眺む

看護師の紅き唇迫り来ぬわれの体温計らんとして

午前二時すぎたるころに看護師は足音ひそめてベッドを過ぎぬ

一月余の入院のあとバーコードはずしてもらい退院なせり

空塔

人ごみに押されて昇る空塔《スカイツリー》の四百五十米に浮遊感なく

昨夜《よべ》みたる荒川花火はあのあたりけぶれる彼方に眼をこらす

四百五十米に見る街並は帝都といえどミニチュアめける

空襲で十万余の人飲み込める隅田の流れ蒼くたゆたう

おうとつに林立しているビルを分け龍の這うごとし隅田の流れ

弟と話しておればいつしかに里の言葉となりておるなり

遠く住む弟の訃報　ひぐらしは耳元に鳴くかなかなかなかな

炉心の火

刻々と溶融点に近づくか夕雲染めて陽は落ちむとす

炉心の火の消え難くして思い知る太陽の炎《ひ》を侮りしこと

燃え続くことを使命に始まりし炉心の炎の怨念消えず

八十年生きて知りたる嘘いくつチェルノブイリはたフクシマ原発

干し柿のごとくに歪み日輪は海路の果てに沈みてゆけり

青ふかむ鹿児島湾の昼さがり波もたてずにタンカー入り来《く》

大貞八幡薦《こも》神社

夕近き日輪沈めて神在す池の面《も》にぶく平らぎている

池に生《お》うまこもに神の宿るとていにしえ人は直くあがめつ

神としていにしえ人が崇めたるまこもの池にほてい草生《お》う

渡り来し人らをすんなり受け入れてこの国土《くにつち》の山河やさしき

指宿の砂湯

ことごとく体は砂湯に埋められて息の動きに砂は逆らう

瞑想に遊びておればはつなつの風は汗ばむ頬をなでゆく

車椅子

灯明をともしたるとき亡き妻のめがねの奥のひとみ明るむ

亡き妻がしばし使いし車椅子捨て難ければ車庫に納《しま》えり

電柱の鴉は赤き舌をみせ憎まれ口も可々《かあかあ》と鳴く

水にひたす老斑の手の艶めけり原祖は魚でありたる証《あかし》

くろぐろと噴煙あげてさくらじま二十世紀の苦渋を吐けり

帰り来し子らと暮らせるを幸《さち》とせむ寒月は海面に金粉こぼつ

句碑峠

散る花は定めのごとくきらめきて海青ければ海へ散りゆく

いく人か逝きたる人もあるという川柳の碑に佇みており

並びいる碑に花びらの降りかかり川柳の碑文にわか華やぐ

ことごとく光を受けて輝けり残れる花も散りたる花も

はつ夏の汀の砂に遊ぶ子の一人ひとりに母の声する

汀辺に小さき足跡ふた筋の果てしなければ母呼び戻す

竹竿を担ぎいる子は走りだす欲しがる子どもに追いかけられて

母の影砂浜に伸びその影の中に子供は遊びつづける

砂浜に日傘の母と幼子とかかる睦みをわれはもたざり

納骨

早よ来いと言いいいし亡妻《つま》が五年《いつとせ》を過ぎしころより言わなくなりぬ

五年経て妻の納骨いまだせずわれの怠惰かはたまた未練

はつなつの十号線を駈けりゆく一壺の妻を胸に抱きて

ちちははと兄を祀れるおくつきに妻のみ骨をようやく納む

妻の名に添いてわが名を碑に刻みいつか入らむ終りなき世に

ひと冬の安らぎならむ出水野になべ鶴の群れは刈田ついばむ

残像を海に残しておもむろにきょうの太陽は昇りはじめき

道隆寺跡

竹林のささのさやぎに囲まれて歌碑はしずかにいにしえ語る

子をなさぬ身にはあれども安産の観世音菩薩おろがみみあぐ

いかなる世を生きて来るや木漏れ日に僧の墓石の苔むし並ぶ

毀たれし首に枯葉をつみて立つ道隆寺跡の仁王像二体

道中にひからぶ蚯蚓　みみずにもやむにやまれぬ道行やある

故柊木ハツエさん

生前に法名受けし君なれば三つ瀬の川も穏やかならむ

活花に親しみいたる君にして菊の香りに包まれ眠る

日日の『十年日記』よき歌を編みていたるに遺歌集となれり

獺祭

獺祭とう酒の肴は何よりも川魚《かわうお》の方がよろしからむよ

よき燗の酒を重ねてゆくうちに俄に亡妻《つま》と逢いたくなりぬ

寂しくば叫《おら》びてもみよ冬空にぽつねんと浮く弓張りの月

往く径は十万億土のよみのみち亡妻《つま》は迎えに来てくれるか

あかつきの夢に亡き妻の添う気配言葉なけれどほのぼの温し

妻の忌の巡りきたれるぐもりになごりの雪のせつせつと降る

海際に三千七百四柱のみ名を刻める石碑は立てり

徳之島なごみの岬の惨

この沖に撃沈されし富山丸鎮魂の鐘海底に届け

朝顔はうす紫によじれいる明日は開かむ力を秘めて

犬田布岬

犬田布の岬に立てる慰霊塔かがよう海に溶け入りそうな

ひたすらに陸をめざして水漬きけむ磯に寄りたる白き貝殻

沈みたる戦艦大和は兵あまた抱けるままに錆びゆく柩

目をつむり水漬くみ魂に手を合す渚に潮はさやさやさやぐ

この沖に戦艦大和は沈みたり兵の呻きかしおざい止まず

みんみんとアダンに籠り泣く蟬よ戦艦大和の無惨を見たか

あとがき

昭和二十六年に南船社に入社し、東郷久義先生の指導を受け、平成三年から編集委員・選者を担当し、現在に至っています。

六十五年に亘る歌を纏めるのには手に負えなくて、昭和期の分は一応置いておき、平成になってからの歌の中から、四百八十首を選んで、暦年順に第一歌集としました。

ほぼ郵政を定年退職し、簡保センターに再就職した頃からの歌となります。妻が亡くなり七回忌もすみましたので、ここらで気持ちの整理をと思い、纏めることにしました。八十五歳にして第一歌集とは恥ずかしいことではありますがこれも自分の怠惰のせいですのでやむを得ません。

この歳になると、釣り友、山友、歌友の多くの友をうしない、寂しい思いをしてきましたがそれらの歌までは収まりそうになかったので、やむを得ず大方の歌を外しました。ただ妻との五十四年の生活は私にとってかけがえのない歳月ですので収めております。

この歌集を編むにあたり、宮原望子先生には、お忙しい中詳細に亘ってのご助言をいただきまして、心より御礼を申し上げます。有難うございました。

人さまにお見せできるような歌集ではありませんが、お読みいただきご指摘を賜ればありがたいと思っています。この歌集を東郷久義先生、妻の野宮雪《せつ》と亡き多くの友人に捧げます。

出版にあたり現代短歌社の社長道具武志氏、担当の今泉洋子さんはじめ、社員の方々にはお世話になりました。有難うございました。

平成二十八年四月一日

竹之内信一郎

歌集 星粒　　南船叢書第127篇

平成28年７月15日　発行

著　者　竹之内信一郎
〒899-5431 鹿児島県姶良市西餅田1777-237

発行人　道　具　武　志
印　刷　㈱キャップス
発行所　**現代短歌社**

〒113-0033 東京都文京区本郷1-35-26
振替口座　00160-5-290969
電　　話　03（5804）7100

定価2500円（本体2315円＋税）
ISBN978-4-86534-161-4 C0092 ¥2315E